First published in the United States in 2006 by Chronicle Books LLC.

Adaptation © 1997 by Josep Vallverdú.
Illustrations © 1997 Pep Montserratt.
Spanish/English text © 2006 by Chronicle Books LLC.
Originally published in Catalan in 1997 by La Galera S.A. Editorial.

Bilingual version supervised by SUR Editorial Group, Inc.
English translation by Elizabeth Bell.
Book design by Brenden Mendoza.
Typeset in Weiss and Handle Old Style.
Manufactured in Hong Kong.

Library of Congress Cataloging-in-Publication Data
Vallverdú, Josep, 1923-
  [Aladino y la lámpara maravillosa. English & Spanish]
  Aladdin and the magic lamp = Aladino y la lámpara marvillosa : from The thousand and one nights / adaptation by Josep
Vallverdú ; illustrated by Pep Montserrat.
     p. cm. — (A bilingual book!)
  Summary: Aladdin outwits an evil magician who first tries to trick him into handing over an old lamp with a genie inside and
later steals Aladdin's wife and possessions.
  ISBN-13: 978-0-8118-5061-2 (hardcover)
  ISBN-10: 0-8118-5061-7 (hardcover)
  ISBN-13: 978-0-8118-5062-9 (pbk.)
  ISBN-10: 0-8118-5062-5 (pbk.)
  [1. Fairy tales. 2. Arabs—Folklore. 3. Folklore—Arab countries. 4. Spanish language materials—Bilingual.] I. Title: Aladino y la
lámpara marvillosa. II. Montserrat, Pep, ill. III. Aladdin. English & Spanish. IV. Title. V. Series: Bilingual book! (Chronicle Books
(Firm))
PZ74.V345 2006
398.22—dc22
2005025033

Distributed in Canada by Raincoast Books
9050 Shaughnessy Street, Vancouver, British Columbia V6P 6E5

10 9 8 7 6 5 4 3 2 1

Chronicle Books LLC
85 Second Street, San Francisco, California 94105

ALADDIN AND THE MAGIC LAMP

ALADINO Y LA LÁMPARA MARAVILLOSA

ADAPTATION BY JOSEP VALLVERDÚ

ILLUSTRATED BY PEP MONTSERRAT

chronicle books · san francisco

Aladdin was a mischievous boy who roamed the streets of the city at all hours of the day and night. His father had died before he could help Aladdin find a respectable livelihood, and Aladdin and his mother were very poor.

One day, a magician from a far-off land spotted Aladdin. Believing the boy could help him get his hands on a magic lamp, he pretended to be Aladdin's long-lost uncle come to train him for a suitable job. The magician took Aladdin off to a distant place in the mountains where he knew the lamp could be found.

Aladino era un muchacho travieso que rondaba a todas horas por las calles de su ciudad. Su padre murió sin poder ver a su hijo trabajando en un oficio de provecho, y Aladino y su madre vivió en la miseria.

Un día un mago de un país lejano se fijó en Aladino. Creyendo que el niño pudiera ayudarlo a apoderarse de una lámpara mágica, se hizo pasar por tío del muchacho, venido desde lejos a formarlo para un buen oficio. Llevó a Aladino a un lugar alejado en la montaña, donde sabía que encontraría la lámpara.

The magician recited a magic spell and the earth opened before them. He gave Aladdin a protective ring and told him to go down into the deep cave.

"Bring back the lamp that is at the bottom," he told him.

But the cave was filled with jewels, and Aladdin stayed below, gathering as many as he could.

"You won't come back up?" the magician called angrily. "Then there you will stay forever."

The magician recited another spell and the earth closed again.

El mago entonó unos conjuros y la tierra se abrió. Dio a Aladino un anillo protector y le obligó a bajar al fondo de aquel pozo.

—Recoge la lámpara que encontrarás allá abajo —le dijo.

Pero el pozo estaba repleto de joyas, y Aladino se entretuvo un buen rato recogiendo tantas gemas como pudo.

—¿No quieres subir? —le dijo el mago, enfurecido—. Pues te vas a quedar ahí para siempre.

Y con otro conjuro hizo que la tierra volviera a cerrarse.

Trapped in the depths of the cave, Aladdin was frightened. But then he remembered the protective ring. He rubbed it and a giant appeared, who addressed him in a voice like thunder:

"I am your slave. Ask of me what you will, master."

"Can you get me out of this cave?" asked Aladdin.

Poof! He was on the surface again, with the lamp and all the precious stones.

Encerrado en el fondo de aquel pozo, Aladino tuvo miedo. Por suerte se acordó del anillo protector. Lo frotó y se le apareció un gigante que le dijo con voz de trueno:

—Soy tu esclavo. Ordéname lo que desees, mi amo.

—¿Puedes sacarme de este pozo?

¡Paf! Ya estaba en la superficie, con la lámpara y las piedras preciosas.

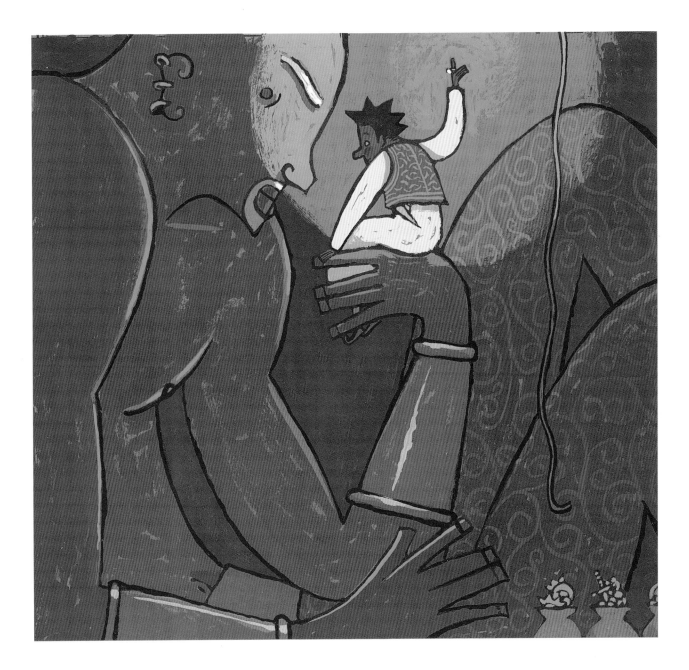

Aladdin ran back home with his treasure. There he began to clean the dust from the lamp. As soon as he rubbed it, it emitted a thick smoke that transformed into a genie.

"Master, I am your servant," said the genie. "What is your wish?"

"I'm hungry," the boy exclaimed.

And in the blink of an eye, there appeared a table full of delicious treats, all served on platters of pure gold.

Aladdin and his mother were rich!

~

Aladino volvió corriendo a su hogar, cargando su tesoro. Allí se puso a frotar la lámpara para quitarle el polvo. En ese instante, empezó a salir una espesa humareda que se transformó en un genio.

—Soy tu sirviente, mi amo —se ofreció.— ¿Qué deseas?

—¡Tengo hambre! —exclamó el muchacho.

Y, en un santiamén, apareció una mesa cargada de ricos manjares, todos servidos en fuentes de oro. ¡Aladino y su madre eran ricos!

One day, Aladdin caught sight of the king's daughter and made up his mind to marry her.

"Can't you see the princess is not for you?" said his mother, trying to dissuade him.

"Wait and see," replied the boy resolutely.

He prepared a tray piled high with jewels and asked his mother to present it to the king as a gift from the wealthy Aladdin.

Un día, Aladino vio a la hija del rey y concibió la idea fija de casarse con ella.

—¿No te das cuenta de que la princesa no es para ti? —le dijo su madre para disuadirlo.

—Espera y verás —respondió, decidido, el chico.

Llenó una bandeja de joyas y le pidió a su madre que se la llevara al rey como un regalo del rico Aladino.

The king's royal vizier wanted the princess to marry his own son. Fearing that the king would choose Aladdin with his vast treasure, the vizier arranged for the princess and his son to be wed immediately.

When Aladdin learned of their marriage, he rubbed the lamp, and the genie appeared once more, ready to grant his every wish.

"Bring me the princess and her bridegroom," Aladdin commanded.

In a trice they were flown through the air, still asleep in their bed. Aladdin took the bridegroom's place beside the princess.

El visir real quería que la princesa se casara con su hijo. Temiendo que Aladino cautivase con su gran riqueza la voluntad del monarca, el visir mandó celebrar enseguida la boda de su hijo con la princesa.

Cuando Aladino se enteró del casamiento, frotó la lámpara y el genio volvió a aparecer, listo para obedecer sus órdenes.

—Tráeme a la princesa y al novio —ordenó Aladino.

Y, dicho y hecho, se los llevó volando por los aires, todavía dormidos en su cama. Aladino tomó el lugar del novio al lado de la princesa.

The second night, everything happened just as on the first. The third night, the king placed guards outside the newlyweds' door, but the genie carried off couple and bed nonetheless. Unsettled by this strange occurrence, the king decided to dissolve the marriage.

Upon hearing this, Aladdin prepared forty platters heaped with gems and again sent his mother to present them at the palace. When he received the gifts, the king called for his daughter:

"My child, behold the treasures your new suitor has sent. None other like him is to be found!"

The genie bathed and perfumed Aladdin and gave him a white horse to ride to the palace.

Yeste mismo suceso se repitió la noche siguiente. La tercera noche, el rey puso guardianes ante el cuarto nupcial, pero el genio se llevó igualmente cama y pareja. El rey, desconcertado por aquel hecho insólito, decidió anular la boda.

Al saberlo, Aladino preparó cuarenta fuentes cargadas de joyas y envió a su madre a presentarlos a palacio. El rey llamó a su hija:

—Hija mía, mira qué tesoros trae tu nuevo novio. ¡No existe otro como él!

El genio bañó y perfumó a Aladino y le montó en un caballo blanco para ir al palacio real.

When the princess saw Aladdin dressed as a great lord, she agreed to the marriage.

Aladdin promised the king that he would build his daughter a huge castle, the finest in the world. The genie made the castle appear in a single night, to the king's great astonishment.

After a grand banquet in the palace, the king escorted the bride to the castle. And there she lived happily by Aladdin's side.

Al verlo vestido con aquellas ropas de gran señor, la princesa aceptó casarse con él.

Aladino prometió al rey que construiría para su hija un gran alcázar, el más grandioso del mundo. Y el genio lo levantó en una sola noche, para admiración del rey.

Después de un gran banquete en palacio, el rey condujo a la novia hasta el alcázar. Y allí, junto a Aladino, ella conoció la felicidad.

Meanwhile the evil magician learned that Aladdin was still alive and set about preparing his revenge.

He posed as a merchant who bought old lamps. One of the princess's servants sold him Aladdin's lamp, thinking that it was worthless. The magician immediately rubbed the lamp and ordered the genie to transport the sumptuous castle, with the princess inside it, to his own land.

Entretanto el mago malvado se enteró de que Aladino aún vivía, y se puso a preparar su venganza.

Se hizo pasar por un mercader que compraba lámparas viejas. Una criada de la princesa le vendió la lámpara de Aladino, creyendo que no servía para nada. El mago la frotó sin perder un instante y ordenó al genio que trasladase el fastuoso alcázar, con la princesa dentro, a su país.

When the king and his royal vizier saw that the castle had disappeared, they believed that Aladdin had tricked them. They ordered his arrest and imprisonment.

Luckily, Aladdin was still wearing the protective ring. Once again, he called forth the giant, who transported him to the far-off land. There Aladdin entered the castle and was reunited with the princess.

Cuando el rey y el visir se dieron cuenta de que el alcázar había desaparecido creyeron que Aladino los había engañado. Mandaron que lo prendieran y lo encarcelaran.

Por suerte, Aladino aún llevaba el anillo protector. Hizo aparecer al primer gigante que, obedeciendo sus órdenes, lo transportó hasta el país lejano. Allí entró en el alcázar, donde se encontró de nuevo con la princesa.

The princess was overcome with joy.

"Listen," Aladdin said to her, "at dinnertime, slip this potion into the magician's cup."

She did so, and after a single sip the magician fell into a deep sleep. Aladdin quickly rubbed the lamp and the genie appeared.

"What is your wish, master?" said the genie.

"Return the castle to its rightful place," Aladdin commanded.

And in the blink of an eye, the castle and its shining battlements once again graced the city.

The king recovered his daughter, and Aladdin and the princess lived happily ever after.

La princesa lo recibió con alegría.

—Mira —le dijo Aladino— a la hora de la cena echa esta pócima en la copa del mago.

Así lo hizo, y bastó el primer sorbo para que el mago se quedara profundamente dormido. Aladino se apresuró a frotar la lámpara para que el genio apareciese.

—¿Qué deseas, mi amo? —dijo el genio.

—Devuelve el alcázar a su sitio —le ordenó Aladino.

Y, en un abrir y cerrar de ojos, el alcázar y sus almenas relucientes coronaban de nuevo la ciudad.

El rey recuperó a su hija y Aladino y la princesa vivieron felices para siempre.

Also in this series:

Cinderella ✦ Goldilocks and the Three Bears ✦ Hansel and Gretel ✦ The Hare and the Tortoise
Jack and the Beanstalk ✦ The Little Mermaid ✦ Little Red Riding Hood
The Musicians of Bremen ✦ The Princess and the Pea ✦ Puss in Boots ✦ Rapunzel
The Sleeping Beauty ✦ The Three Little Pigs ✦ Thumbelina ✦ The Ugly Duckling

También en esta serie:

Cenicienta ✦ Ricitos de Oro y los tres osos ✦ Hansel y Gretel ✦ La liebre y la tortuga
Juan y los frijoles mágicos ✦ La sirenita ✦ Caperucita Roja ✦ Los músicos de Bremen
La princesa y el guisante ✦ El gato con botas ✦ Rapunzel ✦ La bella durmiente
Los tres cerditos ✦ Pulgarcita ✦ El patito feo

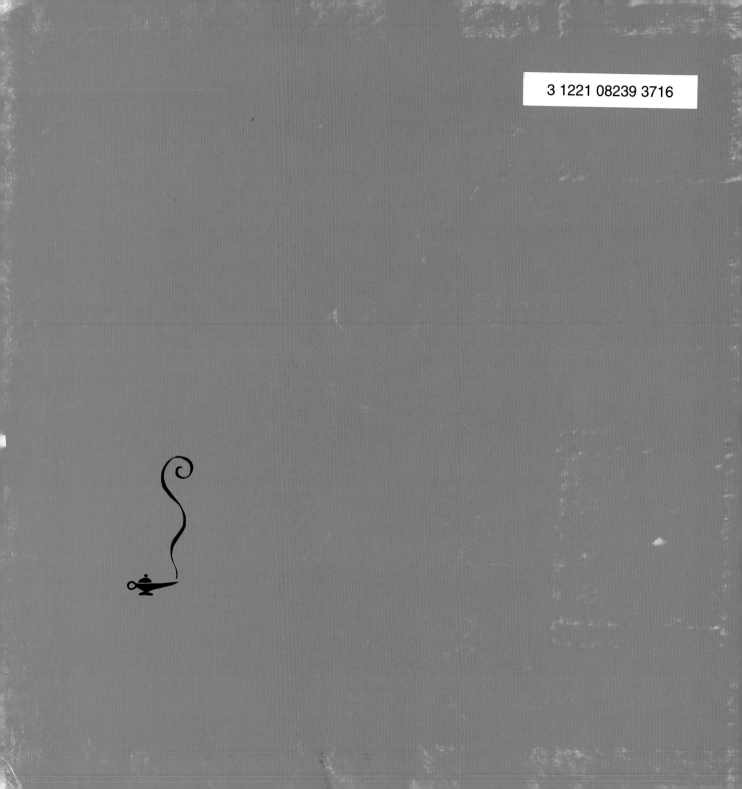